Eigentlich für die Schublade

Gerd Egelhof

Eigentlich für die Schublade

Kurzprosa

Bibliografische Information der Deutschen Nationalbibliothek
Die Deutsche Nationalbibliothk verzeichnet diese Publikation in der
Deutschen Nationalbibliografie; detaillierte bibliografische Daten
sind im Internet über http://dnb.d-nb.de abrufbar.

© 2012 Gerd Egelhof
Umschlaggestaltung unter einer Verwendung einer Grafik von Klaus
Bräunlinger, Schwieberdingen
Umschlagdesign, Satz, Herstellung und Verlag:
Books On Demand GmbH, Norderstedt
ISBN 978-3-8448-6991-0

Inhalt

Das Covergirl

Letzten Samstag entdeckte ich am Zeitungsständer, der im Esszimmer meines Elternhauses stand, das Sonderheft eines deutschen Modeversandes. Meine Mutter musste Eilpost aus der Goethestadt Frankfurt erhalten haben. Die Frühjahrs- und Sommermode sollte an die Frau gebracht werden. Auf dem Cover des Sonderhefts war ein bildhübsches Girl, so etwas wie die Christine Neubauer des Modeversands, abgedruckt. Ein Vollweib durch und durch.

Ihre langen braunen Haare fielen locker über ihre Schultern. Die rehbraunen Augen funkelten wie zwei geschliffene Rohdiamanten aus ihren tiefen Augenhöhlen. Ihr Teint wirkte so porentief rein, als ob er niemals auf einen mit Clearasil getränkten Wattebausch angewiesen gewesen wäre. Das Lächeln in ihrem Gesicht gab perfekte, strahlend weiße Zähne frei, die in jedem Wartezimmer einer Zahnarztpraxis als Wandbild Vorbildcharakter gehabt hätten. Ihre kirschroten Lippen waren vollmundig wie ein Schluck Chantré. Die obersten zwei Knöpfe der roten Bluse waren geöffnet, und der rein zufällig über die linke Schulter gerutschte Ärmel enthüllte nackte Haut.

Das Covergirl gewährte Einblick in ihren tiefen Ausschnitt, unter dem sich mehr als eine Handvoll formvollendeter Brüste abzeichneten. Ein Hauch der Verruchtheit einer Piratenbraut huschte durchs Bild und verfälschte für den Bruchteil einer Sekunde den Gesamteindruck. Das Covergirl schien »chic in Form« zu sein und als starke Frau »voll im Trend« zu liegen.

Da würde der Seniorchef des Versandes, uns »Deutsche Spochthilfe« Josef N., doch glatt von seinem wiehernden Pferd steigen und sich vor dem angestellten Covergirl verneigen, wenn er noch lebte.

Ich hätte dem süßen Modemodel gerne mit Russisch Brot das ABC der Liebe auf den Bauchnabel gelegt und mit dem längsten Teil in der Packung den Spaghettitrick angewandt.

Die Schauspielerin Christine Neubauer ist durch die ARD-Serie »Löwengrube« bekannt geworden.

Phänomen Pooth

Sir Peter Ustinovs »Goldkind« Verona Pooth hat angeblich keinen Schulabschluss. »Kind, mach den nach«, hört man so manche Eltern predigen. Verona hat angeblich auch keine abgeschlossene Berufsausbildung. »Kind, fang eine an«, hört man so manche Eltern predigen. »Papa, don't preach«, möchte man mit Madonna entgegnen.

Unser süßes kleines »Spinatwächtelchen« hat etwas, das man nicht lernen kann. Sie ist Kult.

Mittlerweile kann sie nebst den normalen Bewunderern sogar eine große Fangemeinde aus zwei feindlichen Lagern ihr Eigen nennen: Universitätsprofessoren und hässliche Frauen. Erstere legen ihre Lehrbücher ins Eck, wenn Verona uns im luftigen Sommerrock langbeinig auf einem Sofa sitzend ihre Welt zu Füßen legt. Den hässlichen Frauen bleibt beim Anblick solch geballter Schönheit nur die Bewunderung. Der Erotikfaktor plus mit einer gewissen Schlagfertigkeit vermischte Redegewandtheit machen sie zum Medienstar.

Da macht es nichts, wenn sie beim Singen angeblich keinen Ton trifft. »Peep« ist nicht auf der Tonleiter, und dass sie beim Singen des »Ritmo de la noche« dennoch dabei war, pfeifen die Spatzen vom Dach.

Sex sells, und Verona ist auch ohne »Miniminimini« supersexy. Und mit den Augen wird man als Mann wohl noch stehlen dürfen.

Ursula Buchfellner

Busenwunder gibt es immer wieder. In den 70er- und 80er-Jahren kamen diese Naturevas mit den wohlgeformten Rundungen überwiegend aus bajuwarischen Gefilden.

Dolly Dollar, Eleonore Melzer und Ursula Buchfellner waren die Fleisch gewordenen Träume so manchen Mannes schlafloser Nächte. Letztere war die »Superhexe vom Rio Amore« und Playmate 1977. Der Eden Rolf, Deutschlands ungekrönter König unter den selbst ernannten Playboys, hatte sie mit seiner Lebenserfahrung und so manch anderem das Leben angenehmer gestaltenden Schatz beeindruckt und das halb reife süße Früchtchen in den Paradiesgarten entführt.

Auch wenn sie ihr eigenes Ich erst später entfalten konnte, so war sie immerhin das Centerfold zahlreicher Erotikmagazine. Hüllenlos entblättert zeigte die Uschi, wie sie genannt wurde, der interessierten Männerwelt ihre beiden süßen Äpfelchen und vieles mehr.

Sie war sicherlich Bestandteil von so manches Reisenden Aktenordner. Wenn der Reisende in der Mittagspause auf dem schattigen Parkplatz des Tannenwäldchens etwas Entspannung suchte, dann war ein Erotikmagazin mit der Buchfellner drin die Ideallösung schlechthin.

Man(n) musste lediglich aufpassen, dass die Akten mit den Fotos von der Nackten niemand einsehen konnte und der Waldarbeiter, der in der Nähe des Parkplatzes die Buche fällte, keinen Wind davon bekam.

Der Kaktus

Bertram feiert seinen 24. Geburtstag, und es ist zum ersten Mal, dass er ein Mädchen mit nach Hause bringt. Er präsentiert Olga stolz seinen Eltern und den fünf Kumpels, alle ausnahmslos Singles, die zu Gast sind. Olga sitzt im Sessel und versprüht klassischen Sex. Sie hat halblanges blondes Haar, ist schlank und an entscheidender Stelle üppig bestückt. Sie trägt einen Rock, schwarze Netzstrümpfe und Pumps.

»Das ist meine Freundin Olga. Sie ist intelligent, blond und echt fesch«, stellt Bertram Olga der Geburtstagsgesellschaft vor.

Olga lächelt. Sie beschenkt Bertram mit einem stacheligen Kaktus in einem bunt bemalten Übertopf. Seine Kumpels sind ob des Geschenks vergnügt.

»Das ist ein fett sanftes Geschenk«, wendet Ingo ein.

»Der wird wachsen wie eure Liebe«, fügt Kalle hinzu.

Bertram ist ein wenig mürrisch. Er kann über die Bemerkungen seiner Kumpels nicht lachen, weil er weiß, dass sie zwischen den Zeilen bittere Wahrheiten offenbaren. Er ist von Olgas Weiblichkeit angezogen, begeistert von ihrer Lust auf Sex. Ihm missfällt jedoch ihre Egozentrik, er weiß noch nicht einmal, ob sie ihn liebt.

Es gibt Kaffee und Kuchen. Bertrams Mutter hat sich viel Mühe gegeben, den Tisch schön zu decken, und den leckeren Kuchen gebacken. Die Feier verläuft gut. Alle haben Spaß.

Ein Jahr später hat Bertram wieder Geburtstag. Seinen 25. Eltern und Kumpels sind wieder da und feiern mit. Olga nicht. Der Sessel, in dem sie sich im Vorjahr noch als Sexbombe mit scharfem Verstand präsentierte, ist leer.

Olga hat Bertram verlassen, ohne genauere Gründe anzugeben. Er hat nicht zu ihr gepasst. Basta.

Bertram wirft einen Blick auf den Kaktus, der auf dem Fenstersims des Wohnzimmers steht und sich enorm entwickelt hat.

»Na, der Kaktus wächst ja wie 'ne Eins«, sagt Ingo.

»Und das ohne Wasser«, sagt Kalle.

Da Bertram weiß, dass Kalle immer erst redet, wenn Ingo etwas gesagt hat, setzt er einen drauf.

»Ist eben eine Wüstenpflanze.«

Der Kaktus erinnert Bertram an ein stacheliges Mädchen. Hätte Olga ihn mal lieber dem Jack geschenkt.

Liebesdoping

Bernd hatte einen Kumpel namens Roland. Ihre Kumpanei begann im Alter von 14 Jahren. Obwohl sie nicht viele Gemeinsamkeiten hatten, trafen sie sich ab und zu nach der Schule in Bernds Jugendzimmer, um Musik zu hören und ein bisschen zu quatschen. Eigentlich hatte Bernd kaum Zeit. Er ging aufs Gymnasium und bekam täglich eine ganze Menge Hausaufgaben auf, die es zu erledigen galt. Roland hingegen weigerte sich prinzipiell, Hausaufgaben zu machen. Er war ein klassischer Vierer-Hauptschüler, für den die Schule unwichtig war. Er interessierte sich für die Mädchen, und die Mädchen interessierten sich für ihn. Roland, der groß gewachsen und gut gebaut war und stahlblaue Augen hatte, ging mit der frühreifen Nelly, und wenn er es sich in Bernds Sessel bequem gemacht hatte, plauderte er aus dem Nähkästchen.

Er erzählte Bernd, was er und Nelly am Vortag wieder Schönes zusammen gemacht hatten. Bernd fand das ein wenig komisch, da er jedoch selbst bei den Mädchen aufgrund seiner Schüchternheit nicht so schnell landen konnte, hörte er sich Rolands Schilderungen an. Wenn Roland etwas übertrieb, entlockte er Bernd ab und an eine etwas anzügliche Bemerkung. Nelly ging in Rolands Klasse, und da Bernd wusste, dass sie auch schlechte Noten hatte, kam ihm als Gymnasiast mit guten Zensuren gelegentlich eine gute Schulleistungen herausstellende Äußerung über die Lippen.

Insgeheim war Bernd ein wenig neidisch auf Roland. So ein bisschen Erfolg bei den Mädchen hätte er auch gerne gehabt. Bei den ersten Erfahrungen wäre es ihm egal gewesen, ob das Mädchen nicht sonderlich gut in der Schule war.

Da Bernd Rolands Ausführungen genau zuhörte und in der Lage war, sie aufgrund erster philosophischer Erfahrungen auf dem Gymnasium etwas zu deuten, kam er mit der Zeit dahinter, dass Roland ohne Sex noch nicht einmal ein schlechter Schüler gewesen wäre. Er wäre hundsmiserabel, auf dem Sprung zur Sonderschule gewesen. Als Bernd in die Lehre kam, er wurde Maler und Lackierer, trafen sie sich während des ersten Lehrjahres weiterhin in Bernds Zimmer zum Gedankenaustausch über das Thema Nr. 1.

Bernds These, dass Roland ohne Sex nicht leben konnte, hatte mehr und mehr Argumente zur Grundlage. Als er wenige Jahre später mitbekam, dass Roland die Meisterprüfung bestanden hatte, vermutete er, dass Nelly, mit der er mittlerweile verheiratet war, diese Meisterleistung aus Roland herausgeholt hatte.

Bernd war inzwischen Jurastudent. Als solcher war er überwiegend mit Paragrafen beschäftigt, aber durchaus in der Lage, eine philosophische These als Kernsatz in den Raum zu stellen. Sex als Hilfsmittel, um das Leben besser zu meistern.

Bernd war irritiert, dass viele Menschen auf diese Art und Weise mit der Sexualität umgingen. Sie benutzten sie wie Essen und Trinken, ohne ihr die entsprechende Wertigkeit zuzuordnen. Sie verschwendeten Sexualität, anstatt sie in auf das Wesentliche konzentrierter Reduktion zu genießen.

Oswalt Kolles Worte kamen Bernd in den Sinn. In vielen Diskussionsrunden im Fernsehen hatte er ihn sagen hören, dass beim Sexualverhalten der Menschen zwischen »7-mal am Tag bis zu 7-mal im Leben« alles möglich sei. Bernd hielt Kolles Aussage für ein wenig populistisch, wusste aber, was der »Sexpapst« damit sagen wollte. Bernds Vorstellungen von der Liebe waren eher romantisch. Sexualität war für ihn etwas Schönes und Wertvolles, mit dem man entsprechend sorgsam umging.

Mit seinen 24 Jahren war er noch Jungmann und lag in Kolles Skala unter »7-mal im Leben«. Bernd war sich sicher, dass es sich lohnte, auf die Richtige zu warten, anstatt sich in allen Betten auszutoben. Neben seinem Jurastudium versuchte er, neue Beispiele zu finden, die seine These untermauerten. Er beschäftigte sich mit Botschaftern, Vorständen und Präsidenten. Auch für sie war Sex ein Hilfsmittel, um das Leben besser zu meistern. Ohne erotische Abenteuer, dessen war sich Bernd sicher, hätten ganze Botschaften und Unternehmen geschlossen werden müssen, wären ganze Nationen, sogar Weltmächte unregierbar geworden. Just in jenem Moment, als er die Auswüchse von Sexualität eruiert und als Folie für den Teil eines Lichtbildvortrages fertiggestellt hatte, lernte Bernd in einer Tanzschule Nele kennen. Sie arbeitete wie Bernd als Anwältin in einer Kanzlei.

Bis dahin hatte Bernd alles im Leben ohne die Liebe geschafft. Abitur, Studium und den Mitaufbau einer kleinen Anwaltskanzlei. Mit Neles Unterstützung, im romantisch-wertvollen Rahmen, gelang ihm der Quereinstieg in die Politik. Bernd war Bundestagsabgeordneter geworden und zog das Interesse der Medien auf sich. Auch ihn hatte die Liebe beflügelt.

Was macht Oma hinterm Busch?

Der Sommer zeigt sich von seiner wärmsten Seite. Nachdem Oma das beim Mittagessen angefallene Geschirr gespült hat, Opa auf dem Sofa liegend ein kleines Nickerchen macht, schleicht sie auf leisen Sohlen aus dem Haus. Mit einem Badetuch, Badelatschen, Sonnencreme, Sonnenhut, Lippenstift, Handspiegel, Kamm, einer Flasche Mineralwasser, der Zeitung mit den vier Buchstaben und einer Sonnenbrille im Handgepäck läuft sie Richtung Stadtpark. Dort angekommen, hält sie nach einem geeigneten Plätzchen für ihr Sonnenbad Ausschau.

Hinter einem geschützten Busch breitet sie ihr Badetuch aus. Sie wirft einen prüfenden Blick nach links und rechts, schaut, ob keiner um den Weg ist, und entledigt sich ihres Sommerjäckchens und der leichten Stoffhose. Darunter trägt sie einen Bikini mit Höschen. Oma hat eine gute Figur für ihr Alter. Da hat so manche Enddreißigerin mehr Kilos auf den Rippen und dellige Orangenhaut an den Beinen zu bieten. Jetzt noch ein bisschen Sonnenbräune, und Opa wird damit aufhören, auf dem Sofa von jungen Dingern zu träumen, denkt Oma und öffnet den Verschluss des Sonnencremefläschchens. Sie reibt sich mit der weißen Milch ein. Schnell und ohne daraus eine Zeremonie zu machen. Ein rein praktischer Vorgang. Dann setzt sie ihren Sonnenhut und die Sonnenbrille auf, um sich vor den schädlichen Strahlen des stechenden Planeten zu schützen.

Sie schlägt die Zeitung mit den vier Buchstaben auf. Ein bisschen Bildung für ein paar Cent kann nicht schaden. Die Tatsache, dass ein Prominenter seine Frau verlassen hat, findet ihr gesteigertes Interesse. Ab und zu nimmt Oma einen Schluck aus der Pulle und dreht sich auf den Rücken. Schließlich möchte sie rundum gebräunt sein.

»Schau mal, da liegt eine coole Oma halb nackt hinterm Busch«, sagt ein junger Spanner zu seinem Kumpel.

»Für eine heiße Nummer im Freien ist sie zu alt«, stellt der Kumpel fest.

Der junge Spanner lacht. Oma schaut auf die Uhr. Es ist kurz nach 17 Uhr. Wie die Zeit vergeht! Oma packt die Sachen zusammen. Sie muss rasch nach Hause. Schließlich möchte Opa pünktlich um sechs das Abendessen auf dem Tisch stehen haben.

Mutmaßungen über die Mumu

»Meine Mumu als Seife. Da sage noch einer, sie nutzt sich nicht ab.«

Die junge Frau steht mit zwei Journalisten eines Erotikmagazins im Bad und hebt das von einem Künstler designte scharfe Teil voller Stolz in die Höhe. Ihr Ehemann steht daneben und lächelt.

»Schöner Name für das Geschlechtsteil einer Frau. Finden Sie nicht auch?«

Die Journalisten halten sich zurück. Für sie geht es lediglich um die Story. Eigene Ansichten zählen da nicht, haben in den Hintergrund zu treten.

»Kann man die auch kaufen?«, fragt Journalist Nr. 1 die Frau.

»Ja. Ein kleines Sortiment gibt's im ortsansässigen Erotikshop.«

»Und Sie – sind Sie als Ehemann stolz darauf, dass man das Geschlechtsteil Ihrer Frau im Laden kaufen kann?«

»Natürlich. Ich habe mir gleich drei Stück besorgt, falls meine Frau mal wieder auf Geschäftsreise ist. Da kann ich es mir mit der Seife schön gemütlich machen und an sie denken.«

»Clever gemacht«, sagt Journalist Nr. 1 und lächelt.

»Wie kommt man eigentlich auf den Namen ,Mumu'?«,

fragt Journalist Nr. 2 interessiert nach. »Habe ich noch nie gehört.«

»Das ist eine lange Geschichte«, sagt die junge Frau.

»Wollen Sie sie mir erzählen?«

»Wenn Sie möchten.«

»Bitte schön.«

»Also, meine beste Freundin und ich, wir hatten es satt, uns immer die derben Ausdrücke der Männer über das weibliche Geschlecht anhören zu müssen.«

»Und da haben Sie nach neuen gesucht?«

»Ganz genau.«

»Ja. Erzählen Sie weiter.«

»Nach einem lauwarmen Sommerabend, an dem wir etwas zu viel Wein getrunken hatten, war uns danach, gemeinsam zu duschen.«

»Interessant.«

»Als das Wasser so schön aus der Brause kam und die Perlen unsere nackte Haut benetzten, da bekam ich Lust, das Geschlechtsteil meiner Freundin einzuseifen. Ich wollte aber nicht ‚Geschlechtsteil‘ sagen oder die anderen deftigen Wörter der Männer benutzen.«

»Und wie kamen Sie dann auf ‚Mumu‘?

»Na ja, Gisela, also meine Freundin, die hatte früher einen Freund, der etwas gestottert hat. ‚Wenn du scharf bist, dann mu-mu-musst du an die Mu-Mu-Muschi fassen‘, hat er immer gesagt. Daran musste ich denken, als ich sie einseifen wollte. Also habe ich Gisela gefragt, ob ich ihre ‚Mumu‘ einseifen darf.«

»Durften Sie?«

»Na klar.«

»Noch eine andere Frage«, mischt sich Journalist Nr. 1

ein. »Wie kam es dazu, dass Ihre ‚Mumu' dann Kunst wurde?«

»Bevor ich mein Bärchen kennengelernt habe, war ich für kurze Zeit mit einem bildenden Künstler zusammen. Der fand meine ‚Mumu' so schön, dass er ihr bereits zu Lebzeiten ein Denkmal setzen wollte.«

»Schön. Dann hätten wir alle Fragen geklärt. Noch viel Spaß mit der ‚Mumu', ob nun als Seife oder in natura«, sagt Journalist Nr. 1.

»Danke schön«, sagt die junge Frau.

Ihr Ehemann lächelt verschmitzt. Er kommt ja so oder so auf seine Kosten.

Gabi Geil

Sie hatte von der Klassenlehrerin keine Empfehlung für eine weiterführende Schule bekommen. Das Rechnen fiel ihr schwer, im Erlebnisaufsatz hatte sie keine Ideen, und im Diktat waren zu viele Fehler am Heftrand rot vermerkt. So machte Klein Gabi keine Hausaufgaben, war mit 14 kokett und präsentierte ein Jahr später zum Schulabschluss ihren überraschten Eltern den ersten Freund. Gabis Beziehung zu ihm dauerte nur wenige Monate. Sie hatte bemerkt, dass alle Jungs ihre frühweiblichen Vorzüge mochten. Sie war schlank, obenherum gut gebaut, und auf ihr langes hellbraunes Haar und den lasziven Blick aus ihren dunkelbraunen Augen standen die Jungs.

Sie wickelte jeden Jungen, den sie haben wollte, um den Finger. Mit den jugendlichen Liebhabern kompensierte sie ihre dürftigen schulischen Leistungen, und man munkelte, ihren Ausbildungsplatz als Bäckereifachverkäuferin habe sie nur bekommen, weil sie mit dem Juniorchef der Bäckerei und Konditorei ein Techtelmechtel gehabt hatte. Es war auch bekannt, dass sie in der Liebe so einige Dinge draufhatte, von denen stramme Burschen träumten.

Gabi, geborene Scharfe, heiratete im zarten Alter von 19 den Juniorchef, der die Hochzeitstorte selbst schön kreativ gestaltete. Sie hieß von nun an mit Nachnamen Katz. Die

Arbeit in der Bäckerei war ihr zu stressig, und so bekam sie schnell Kinder. Mit 23 war sie Mutter von zwei Mädchen und einem Buben. Da die Mutter und die Schwiegermutter bei der Erziehung kräftig mithalfen, hatte Gabi die Zeit, um ihren treuen, fleißig arbeitenden Mann zu betrügen und fremdzugehen. Als er dahinterkam, ließ er sich scheiden und warf sie in hohem Bogen aus dem gemeinsamen Haus. Gabi war mit einem Mann zusammen, der den Partnertausch liebte und gerne in Swingerclubs ging.

Sie fand auch Gefallen am Bäumchen-wechsel-dich-Spiel. Da ihr neuer Mann nicht ganz so fleißig war wie der Bäcker und Konditor und es finanziell des Öfteren haperte, besserten beide mit Schmuddelfilmchen, die für das Internet produziert wurden, ihr Geld auf. Gabi war sehr erfolgreich, Tausende Male angeklickt. Es tat ihrem Ego gut.

Auch Fotos von ihr konnte man sich herunterladen. Sie saß auf einem blauen Sofa, splitterfasernackt, die Beine weit geöffnet, als Eyecatcher ihres eindeutigen Angebots, und zeigte ihr spezielles Gabilächeln, das eines vermittelte: Ich kann euch alle haben.

Mag sein, dass die »Kleine Tierschau« ihr Lied auch für sie gesungen hatte, aber die durchaus clevere Gabi wurde von den Männern für das heiß und innig geliebt, was sie war, ausstrahlte und verkörperte.

Gabi Geil.

Gabi Geil

Teil 2

Gabi war mittlerweile Mitte vierzig. Weitere zwei Ehen waren gescheitert. Sie hatte kurzfristig Hammer und Riesen mit Nachnamen geheißen. Immer noch präsentierte sie ihre jetzt reife Weiblichkeit, die Männer zum Wahnsinn trieb, im Internet. Sie saß auf ihrem blauen Sofa, splitterfasernackt, lediglich die Füße waren mit Riemchenschuhen mit hohen Absätzen bestückt, die Beine weit geöffnet, als Eyecatcher ihres eindeutigen Angebots, und zeigte ihr spezielles Gabilächeln, das eins vermittelte: Ich kann euch alle haben. Ihr Körper war immer noch knackig, die Haut straff, ohne Orangenhautdellen, lediglich ihre Augen hatten etwas an Leuchtkraft verloren, strahlten noch, aber nicht mehr um die Wette. Gabi wurde noch öfter angeklickt als früher. Es gab Zehntausende Klicks für die scharfe Maus. Sie bekam sogar Fanpost, in der Dinge wie Gabi ist geil, geiler, am geilsten von allen drinstanden. Männer, die den Komparativ und Superlativ bilden konnten, hatten etwas im Kopf. Sie war auch bei gebildeten Männern gefragt. Gabi freute sich sehr. Die Bestätigung ihrer Weiblichkeit war ihr das ganze Leben lang das Wichtigste gewesen. Sie hoffte insgeheim, dass ihr Schlag bei den Männern noch zehn, zwanzig, dreißig Jahre anhielt.

Sie wurde für das von den Männern heiß und innig geliebt, was sie war, ausstrahlte und verkörperte. Gabi naturgeil, Gabi supergeil, Gabi ewig geil.

Love, Fun, Travelling und Ulrike

Ich glaube, man kann manchen Menschen schon von Weitem ansehen, wer sie sind. Neulich begegneten mir beim Abendspaziergang drei Menschen. Zwei Männer und eine Frau. Das sind bestimmt experimentierfreudige Zeitgenossen, dachte ich.

»Schau mal rein«, sagte eine tiefe männliche Stimme und drückte mir im Vorbeigehen einen Zettel in die Hand.

»Na, vielen Dank auch«, sagte ich.

Liebe, Spaß, Sport und Reisen. Findet euch für gemeinsame Unternehmungen, stand auf dem quadratischen Blatt Papier zu lesen.

Das ist ja wie bei der Kinderüberraschung hier, dachte ich. Mit zwei kleinen, aber feinen Unterschieden. Man konnte sich auf die Erfüllung von vier Wünschen freuen, und es ging um Eier, die zielorientiert um Aufnahme in einer tiefen, kreisförmigen Lustgrotte buhlten. Kurzum, es ging um Sex an verschiedenen Orten. Beim Reisen auf der Damentoilette des Orientexpress, am vor Spannern geschützt in Waldesnähe liegenden 18. Loch eines Golfplatzes, beim Tauchen im ortsansässigen Hallenbad oder nach einer Runde Tennis mit einer täglich Yogurette essenden und folglich extraschlanken Fitnessblondine im Clubhaus.

Butter bei die Fische. Wer glaubte ernsthaft, dass es bei derartigen Reisen und sportlichen Betätigungen darum ging, wie hoch der Eiffelturm war und wer ihn erbaut hatte oder ob der Rückhand-Passierball beim Breakball-Cross im gegnerischen Feld landete.

Ich warf den Zettel im hohen Bogen in den Papierkorb, räumte die Pokale weg, duschte ausgiebig und kredenzte cremigen Cappuccino aus dem vom »Erfolgs-Nippel durch die Lasche« Mike Krüger empfohlenen Vorteilspack sowie die bereits auf einem Teller entblätterte längste Praline der Welt.

Ulrike, die ich am Vorabend im Café kennengelernt hatte, wollte mich besuchen kommen.

»Der Nippel durch die Lasche« war einer der Hits von Mike Krüger. Der Norddeutsche bildete zusammen mit Thomas Gottschalk das Filmduo »Die Supernasen« und war Kopf bei »7 Tage, 7 Köpfe«.

Tankenblondinen

Neulich musste Heiko Sonntag nachmittags mit seinem blauen Polo an der Tanke haltmachen. Auf dem Weg zum Heimspiel in der Fußball-Kreisliga B gegen den Tabellendritten aus Erbstetten hatte er vergessen, seine selbst gemixten Powerdrinks mit in die Sporttasche zu packen. Für seine Mannschaft, die SpVgg Kirchenkirnberg, gab's gegen die SKG Erbstetten nichts zu erben, und dennoch wollte er das Gefühl nicht missen, sich optimal aufs Spiel vorbereitet zu haben. Heiko hatte unter der Woche zweimal trainiert und musste sich an der Tanke nur noch das richtige Getränk besorgen. Er dachte an ein paar Flaschen Gatorade. Von einigen erfrischenden Schlucken dieses Getränks erhoffte er sich insgeheim, etwas mehr Farbe ins Spiel bringen zu können.

An einer der Zapfsäulen stand ein offener Sportwagen, auf dessen Beifahrersitz eine langhaarige Blondine mit aufgespritzten Lippen saß. Sie instruierte ihren Chauffeur, einen groß gewachsenen jungen Mann mit breiten Schultern, was er zu tun hatte.

»Volltanken, die Scheiben wischen, nach dem Kühlwasser schauen und den Reifendruck prüfen, Super-Ingo«, sagte sie und lächelte überlegen.

»Ist recht, Mausi«, sagte er und machte sich in seinem weißen Sonntagsanzug an die Arbeit. Die Blondine kam ihrer anspruchsvollen Tätigkeit des Kaugummikauens und Luftblasenschlagens nach.

Heiko ging in den Leckerli-Store der Tanke, nahm sich vier Flaschen Gatorade aus dem Kühlregal und suchte die Kasse auf. Eine andere Blondine begrüßte ihn mit überschwänglicher Freude.

»Guten Tag. Vier Gatorade für Sie, ja?«

»Ganz genau«, sagte er.

»Sonst noch was?«, fragte sie nach.

»Nein danke. Alles«, sagte er.

Die Blondine hinter der Kasse sah nicht gerade aus wie Heather Locklear aus dem Denver-Clan, aber ihre warmherzige Art gefiel Heiko auf Anhieb.

»Kann ich so ein Bonus-Heftchen haben? Ich glaube, ich werde in Zukunft bei Ihnen auch tanken«, sagte er.

»Gerne«, sagte sie und reichte ihm die gewünschte Miniausgabe eines Treuepunkte-Einklebealbums über die Theke. Heiko bezahlte und verabschiedete sich von ihr. Als er die Store-Door von innen öffnete, um nach außen zu kommen, kam ihm Mausi mit dem Portemonnaie in den Händen entgegen. Sie ließ eine Kaugummiblase direkt auf ihre aufgespritzten Lippen platzen, begegnete ihm mit einem erstaunlich verrückten Lachen und tippelte mit ihren hochhackigen Schuhen an ihm vorbei. Die Blondine schien wenigstens der Kunst des Bezahlens mächtig zu sein, worauf ihr Super-Ingo mächtig stolz sein konnte.

Heiko stieg in seinen blauen Polo und fuhr los. Aus dem Autoradio kam »Das Wandern ist des Müllers Lust«, in einer Interpretation der Hagener Luftballonexpertin Nena. Die Erotik ihrer Stimme, die über ihn kam wie ein warmer Regen auf eine nach Wasser lechzende Sommerwiese, gab

ihm einen zusätzlichen Motivationsschub. Erbstetten ver-
kirnte sich am Abwehrriegel von Heikos Team sensationell
mit 4:0 Toren.

*Die Fußballvereine SKG Erbstetten und SpVgg Kirchenkirn-
berg existieren wirklich. Sie spielen in der Kreisliga B, Staffel
II, des Rems-Murr-Kreises. Das Ergebnis von 4:0 ist frei
erfunden.*